CÚPER
perro volador

montse ganges
emilio urberuaga

Combel
EDITORIAL

En casa de Cúper
hay un balcón con vistas al mar,
que brilla bajo el sol.
Pero Cúper prefiere un rincón de la cocina
con vistas al **Bote de las Galletas.**

Cúper se sienta cada tarde
a contemplar el **Bote de las Galletas,**
que está guardado en el **Estante Más Alto.**
Cuando recuerda su sabor,
Cúper menea la cola tan deprisa
que tiembla como una hoja.

Hoy, la **Cotorra del Vecino**
se ha escapado para hacerle compañía.
—¿Tan buenas son las galletas?
—pregunta.

—Las galletas son lo más bueno del mundo
—declara Cúper muy serio.
Y vuelve a menear la cola deprisa,
muy deprisa, más deprisa que nunca...,
hasta que alza el vuelo
con el culo en pompa
y la cabeza colgando.

—¡Me acerco al **Estante Más Alto**!
—se emociona Cúper.
—¡Yo te sigo!
¡Somos **La Banda de la Galleta**!
—se entusiasma la Cotorra del Vecino.

Cúper y la Cotorra se ven reflejados en el cristal del bote.

—¡Viva La Banda de la Galleta! —exclama Cúper.

Y la Cotorra bate sus alas y grita:

—¡Ábrelo! ¡Rápido!

Pero un perro no puede desenroscar
una tapa. Y una cotorra, tampoco.
¡Qué pena! La Banda de la Galleta
no sabe abrir botes.
—¿Y si lo tiramos?
—susurra la Cotorra del Vecino.

Pero entonces, un rayo de sol
toca el bote de cristal,
que brilla y brilla.
Cúper y la Cotorra
se quedan deslumbrados.
Los ojos les hacen chiribitas.

Cúper se agarra a su amiga
y sigue los destellos de colores.
Salen por la ventana
y el aire fresco los alivia.
—Mira, ¡puedo volar hacia cualquier lugar!
—descubre Cúper.

Y mueve la cola,
y va hacia la playa,
y sube hasta las nubes,
y baja hasta las olas. Es feliz.

A la Cotorra del Vecino
no le gustan las olas.
Le da miedo que la salpiquen y caiga.
Se queda en la playa,
tomando el sol.

Cúper vuela y saluda
a los peces que sacan la cabeza del agua.
—¡Qué maravilla! ¡Un perro volador!
—exclaman.
Si tuviesen, los peces le darían a Cúper
la **Galleta Más Grande.**

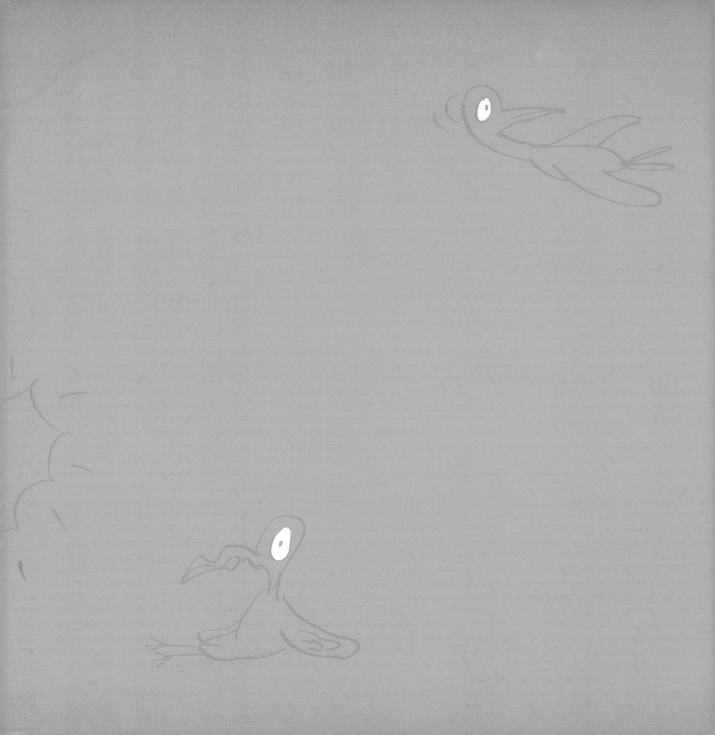